五行歌集

雅

- Miyabi -

高原　郁子

Kohgen Kaguwashi

𝒮

まえがき

私が五行歌を知ったのは昨年の十一月だったように思います。読売新聞で毎週水曜日に掲載されており、知らず知らず気付いたら投稿を始めました。すると面白いように掲載され続け、段々いつも日常的に五行歌が頭の中で次々に溢れるようになりました。

そんなある日、五行歌選者の草壁焰太先生からお手紙と五行歌五月号が郵便で送られて来たのです。内容はこういったもの。

「ずっとご連絡しようと思い遅くなりましたが、私は新しい詩歌の歴史を作るつもりで五行歌を立ち上げました。あなたもきっと、そういう意思のある方と思って毎週歌を見ていました」とのこと。

非常に心を打たれ、五行歌の会に入会することを決意しました。

草壁先生に勧められ、近所の歌会にも六月から月に一度参加することになりました。

私は雅《みやび》な事や物が大好きなのです。六月に初めて歌会に参加する時、ドキドキわくわくしながら現地に向かいました。

歌を奏でる先輩達が何人もおられ、皆さんの五行歌を拝見し其々《それぞれ》の歌に点数を付ける作業をしました。とても楽しかったです。

私は歌人としてスタートしたばかりです。今後も日々精進し皆さんに歌を届けたいです。

高原郁子

目次

まえがき 2
I 7
II 17
III 29
IV 35
V 47

Ⅵ 63
Ⅶ 77
Ⅷ 89
跋 草壁焰太 100

I

河童の国に
迷い込んだら
多分もう
帰っては
来ないだろう

誰の為なら
命を投げ出せる？
勿論
娘の為なら
潔く投げ出します

どの面
引っ下げて
あの世へ行こうってんだ
その面
今作ってんだよ

昨日祖母が
私の身体にやって来た
マリーゴールドを
只静かに
眺めていた

幼き頃
複数の惑星を
日々行き来し
暮らしていると
信じていた

私はおじいちゃん達の
自慢話や成功話を
聞きに来ているのではない
お金を払って授業を
受けに来ているのだ！

娘が幼き頃
いたずらをする度
我は怪物に変身
「くるくるくるくる
お母さんに戻れっ」

先祖の墓が並ぶ
0歳で病死した人
家族を残し
事故死した人
一人一人の名をなぞる

目覚めたら
時計が無い
今日一日
腹時計で過ごす
そのうち見付かるから

人から物を戴《いただ》いたら
その人を慮《おもんぱか》って
身に付けていた祖母
頭が下がります
我の人生のお手本

これが授業?
これが授業?
身に付いたのは一つ
まあそれはそれで
良いではないか

母が
亡き祖母に似て来た
それと同様
我も又
母に似てをり

先日父より
私の字が汚ないとの
指摘有り
はいお父さん
重々承知しております

信じてもらえないことを
態々《わざわざ》言わない
分かってくれる人にだけ
言う
それが主人

私の誇り
娘を産んだこと
此の世に
娘を
送り込んだこと

娘の横顔が
何となく
私に似てきた
心の奥が
こそばゆい

今宵も
前頭葉が
動き始めた
ムクムクと
五行歌作る

今、主人と私で
必死で娘を
育てている
主人と私は
運命共同体

II

白飯に
梅干し一つ
それが
我が日本国の
一番の御馳走

自殺する人は
死から逃げられないと
悟った時
「生きねばならぬ」と
此の世を去るらしい

「無料」ほど
怖いものは無い
ああ
恐ろしや
恐ろしや

天国に
一番近い島？
何《いず》れ天国に
行くというのに
行きたくなんかない

作家大学だって
テニスだって
俳優だって
お母さんは
諦めたりなんかしない

大切な物を
次々壊し
次々捨ててまで
生きたくなんか
ない！

テニススクールで
未来を担う
稚児達の
「五、六、七、八」
響きけり

我の精神は
常に波を打っている
当日その精神を
平坦に持って行くことが
鍵となる

我が故郷の
さぬき富士
どんな
山より
素晴らしい

五分ごとに
晴れたり曇ったり
おいおい御天道さん
ちったあ、こっちの身にも
なってくれよ

人は死ぬが
本当は死んだりしない
何度も
何度も
生まれ変わる

女子トイレで
明らかに
男子発見
ああ心が
女子なのね

大人になったって
ブランコを漕ぐ
漕ぐ度
ストレスが飛ぶ
大空に飛んで行く

我にはやはり
文学少女だった
亡き祖母の
血が
流れをり

勝ちが見えた時
攻めに行くか
守りに入るか
やっぱり
攻めに行く

娘が幼き頃
ベッドの上で
「お母さんのお顔が見えん」
ん？　お母さんおるよ
ずっとここにおるよ

見知らぬ青年に
「お母さん」と言われた
何？　私を
とっしょり扱い
しおって!!

何が
何でも
時間だけは
平等に
流れる

天国のおばあちゃんへ
どうやら
私も
三時代目を
生きそうだ

店長！
氷無しの
高原さんが
只今
来店しました

Ⅲ

瀬戸内海を渡る
不思議と車内
皆家族に見える
そう
故郷に帰って来たのだ

口では
親不孝しているが
行ないでは
親孝行している
そう、それで良い

行きも帰りも
瀬戸内海を眺め
涙が込み上げる
何故だろう
何故だろうね

私は今
実家の居間から
山々を目に焼き付けている
亡き祖父が晩年
そうしたように

普通が
一番難しい
当たり前が
一番幸せ
その通り！

今回も
父は別れ際
我の顔を見なかった
我は余程父に
愛されているらしい

朝起きたら
マスクが口から
吹っ飛んでいた
畳んだ布団の中に
有るでしょう

実家にいた二泊
母と喧嘩《けんか》ばかり
それでも母は
楽しかった有難う
と我に言ふ

部屋の真ん中に
花が一輪有る
皆同じように
見えていると思うか?
思う筈《はず》ないだろう

私だけだろうか
高齢者が皆
美しく見えるのは
否《いや》、多数の人が
同じ事を思っている

Ⅳ

後世に名の残る
文学者には精神を
病んでいた者多数
我も
其《そ》の一人なり

死ぬ程の
勇気が有るなら
生きて罪を償《つぐな》え
お前にそれ程の
勇気が有るなら

自殺を考えている人に
一言
死んだら終わると思うな
あの世で終わりの無い
修行が待っておる

今日より明日が
素晴らしいのは
当たり前だろう
前に前に
進んでいるのだから

誰《た》が為に
鐘は鳴る？
我が為に
決まっている
そうだろう？　そうだ

子供は
才能の宝庫である
皆に五行歌を
作らせてみろ
皆特選歌だ

濁流に
飲み込まれる人を
只黙って見ている
我は…我は何と
愚かなのだ

平成にも
慣れていない
と言うのに
もう次の時代が
やって来るのか

精神病棟の
怖さを知っているか
辛さを知っているか
我は知っている
そこから出て来たから

休みの日は
前頭葉を休ませ
映画を思う存分観る
来た来た
新しい五行歌が

天よ
幾つ罰を
受けたら良いのですか
今、生きていること
これが罰なのですか

名曲に
触れると
魂が
揺れるのが
分かる

此の世に
残る夫に
誰が
「愛している」と
言えようか

世の
御婦人達へ
犬を散歩させているのか
犬に散歩させられているのか
分からない

私は
その曲の
良さを
前奏で
決める

幾等《いくら》
詩や曲が
良くても
間奏がダメなら
アウトだ

高原さん
「のぞみ」に拘《こだわ》らなければ
もっと早く故郷に
帰れたんじゃないの？
うっさいなー

五行歌の
オリンピックが
有ったらいいね
勿論我が
エースだ!!

五行歌が
溢《あふ》れ出して困るから
我は時折
前頭葉に
鍵をかける

V

日本は山々が
美しいね
何時《いつ》まで見られるかな？
そんなん
知らんわ！

死んでいるのに
生きている…
そんな
精神分裂病も
あるのだ

生きているのに
死んでいる…
そんな
精神分裂病も
あるのだ

同じ曲を聞いても
主語的我と
述語的我との
反応の仕方が
全く違う

よくお父さんの
うんち持てるね
お母さんも
したことないわ
と母笑ふ

皆《みな》時代が
進んでいると
思っているが
実は
進んでいない

主人が
帰るのも
まちどい
出掛けるのも
まちどい

亡き祖母が
食欲が無い時に
白飯に味噌を乗せて
食していたので
時折真似ている

作る五行歌なんて
五行歌じゃない
どんなに良くったって
そうだろう?
そうだ

私の口癖
「パッと行ってパッと帰るぞ」
母と妹
「それ止《や》めて」
あっそうだ父の口癖

何の為に
何の為に
頑張っているの？
そんな事考えるんなら
頑張れよ！　はい

誰かさんが
時間が無いと言ふ
時間なんて
自分で
作るもんじゃないの？

妾《わらわ》の
最近の
好みの
言葉は
甘味処《かんみどころ》である

しとしとと
雨が降る
戸惑いの
雨が降る
それでも向かう朝

天国に行って
戻った人が
居るだろうか
居る
皆天国から来た

旧姓を書いた
何故か
分からぬが
ぽろぽろ
涙が零《こぼ》れた

神様は
直接
手助けせぬが
必ず
見守っている

今夏《こんか》も
一匹のハエが
やって来る
祖母だ
夏の終わりに姿を消す

就寝中何やら
物音が…
寝相の悪い私に
主人が毛布を
掛け直してくれた

夕陽も
波も
沈みゆく
だが心だけは
沈まない

旧姓は
我の宝なり
誇り高き
我の宝なり
彼《あ》の世で旧姓に戻る

人は皆五行歌を
心で
愛でている
実は目でも
愛でている

脳梗塞二度
脳出血を発症
病院のベッドで泣きながらも
我が姉妹を育ててくれた
父に心より感謝します

我が
神なら
悪人以外
誰一人
殺したり等しない

自分に
正義感が有ると
思っていない
悪人だから
正義感が有るのだ

来世でも
主人と結婚する
そうでないと
娘に
会えないから

お釈迦様こんにちは
私は死んだのですが
一人娘が待っているので
早く生き返る
手続きをして下さい

一度も会ったことのない
曾祖父《そうそふ》だが
父や
祖父の
顔が重なる

VI

誰かに
注意されたら
有難く思え
その人こそ
天からの使者なり

閻魔殿《えんま》
早く地獄行きか
天国行きか決めてくれ
「あの～高原さん行ないは
良いのですが口が悪いので」

「ひそひそ…ひそひそ」

決まりましたか？

「おめでとうございます
天国行きです」

もお〜っ初めから知っとったわ！

そうだ
この地鳴《じな》りだ
我が
この我が
轟かせているのだ

我は
迷宮に
入ったようだ
しめしめ
面白くなりそうだ

人と異なる
前頭葉を持っているのだから
他者に負けない
五行歌が作れる
そうだろう？　そうだ

今日も
主人と娘が
揉《も》めている
聞き耳を立てると
テーマは「人の寿命」

わしの眼鏡《めがね》
眼鏡は？
「大変申し上げにくいのですが
お客様の
つるりとした頭の上です」

何を抜かすか
これは
禿《は》げているのではない
昨日家内《かない》に
剃《そ》ってもらったんだ

「お客様
大変申し上げにくいのですが
奥様は
先日お亡くなりに」
そんなこと知っとるわ！

えっ何だって？

家内が死んだだと？

家内は生きとる
わしのこの胸にな！

「ご尤《もっと》もです」

来世でも
主人と結婚する
我が見付けずとも
主人が
必ず見付けてくれる

我を
敵《てき》に回したな
代《そち》の名
この胸に
刻み付けたぞ

景色に
奥行きが出始めた
どうやら主語的我が
姿を
現わし始めたようだ

空を見ろ
おお！
一体青には
幾つ色が
有るというのだ

どんな物にでも
「有難う」
お礼を言ふ
人生の秘法
福が舞い込んで来るぞ

死ぬなんて
何と勿体無い
此の世は
自分が思っているより
遙かに広いぞ

中学生の
自殺を
食い止めろ！
それが我ら大人達の
一番大切な仕事だ

十代の子供達の
成績を上げるな
上げるのは
精神の豊かさ
のみである

身に危険を感じたら
逃げるか
逃げないか
私なら
私なら逃げん

我が子に
殺される
そんな喜びが
此の世に
あろうか

毎朝
前頭葉に
文章が溢れて
困っている否《いや》
寧《むし》ろ喜んでいる

私は
天才バカボンの歌を
思い出さないと
太陽の昇り降りの
位置が分からない

花は
脹《ふく》らむ
道程《どうてい》が
最も
美しい

自分の歩んで来た
道に
石を落とし行く
娘が
迷わぬように

Ⅶ

皆さんは
御存知だろうか
主語的我《われ》と
述語的我《われ》が
存在していることを

私は花を見ている
これが主語的我《われ》
花を見ている私
これが述語的我《われ》
意識していないと後者《こうしゃ》

祖父母が眠る
墓地の前で
只《ただ》…只
無言で
我の顔を見せる

死ぬ
間際に
娘が目の前に
いれば
それで良い

天国に行くことが
決まっている私だが
閻魔大王さまにも
一目
お目にかかりたい

ろくろ首の
首の切り口には
傷跡が無いらしい
一目
見てみたいものだ

人々は皆
気付いているだろうか
二本足で
立つという
素晴らしさを

殿、如何《いかが》されました?

「最近余《よ》は睡眠不足じゃ」

何故でしょう
「毎夜《まいよ》、音がして眠れん」

恐らく私の屁《へ》の音です

姫様おめでとうございます
百回目にして縁談成立！
バタバタひそひそ
申し上げにくいのですが
隣城の姫君のことでした

姫、大変申し上げにくいのですが
「何じゃ」
先程弟君が誕生されました
姫君は奥の間へ移れと殿が
「むっむぅ〜」

「爺《じい》や申し訳無いが
爺の寝言がうるさい故《ゆえ》
奥の奥の間に移ってもらう」
姫のいらっしゃる一つ奥ですね
「むっむむぅ〜」

姫、お風呂の支度が
整いました
「妾《わらわ》は入らん！」
姫は良くとも辺りに
異臭が漂《ただよ》っております

我が輩は猫である
我が輩は人間である
我が輩と付けば
誰も一端《いっぱし》の
文豪家に思える

いつもうるさい妹だが
火葬場で
祖母の遺骨を前に
只《ただ》静かに我の手を
握りをり

老いては
子に従えと言うが
従っていたら
どんどん
老いると思う

先祖は皆
我の身体にをり
我と共に
五行歌を
奏《かな》でをり

自分の
産んだ子より
美しいものが
此の世に
有るだろうか

祖母を背負って
あげるべきだった
小さくなった祖母を
私はなあんて
バカな孫だ

家族は
敵か
味方か
実は
そのどちらでもない

昔から不思議だったこと
ニュースで
「日本人の犠牲者は
いませんでした」
他国の人はどうでもいいの？

何かを為し遂げようと
思っていない
只、人の魂を
揺さぶろうとは
思っている

Ⅷ

昨年、退院後
帰宅するには早いと
我に絡み付く母を
振りほどき帰宅
御免母、我も母なり

多分皆
産まれ落ちる前に
天上界で
余命を
宣告されていると思う

どの惑星に
住みたいかと
聞かれたら
迷わず
冥王星と答える

何時《いつ》かもらえる
天国までの
片道切符
ならば願い出よう
天国からの片道切符

予想だが
漱石の夢十夜の
第一夜の男性は
植物が芽吹いた時
既に天に召されていた

時折
我の身体に
先祖がやって来る
その時我は現実から
少し遠のく

我が腹に
縦に入った傷は
娘が産まれた証《あかし》
母としての
我の勲章なり

仏壇に供えた飯を
祖母は翌日
湯に浸し食した
米一粒の大切さを
そうして教わった

祖母は
馬車で嫁に来た
明治生まれの祖母は
馬車で嫁に来た
今は墓地で眠る

私には見える
実家の仏壇前で
道具を磨く
祖母の後ろ姿が
私には見える

八割方合っているのに
交番で道を尋ねる
お巡りさんの会話
「しょ、署長！
又、高原さんです」

亡き祖母の
嫁入り布団で
眠る夜
その日一晩
明治となりて

料理中
あくを取っている時のみ
キューピー三分クッキングの
テーマ曲が
頭を駆け巡る

動き出した船を
止められるか
止められないか
皆が一つになれば
必ず止められる

優しい人が
恩人ではない
真《まこと》の恩人は
苦言を呈《てい》する
人である

人は誰も
悲しみに触れることを
避ける
だがその悲しみこそが
尊い思い出である

名も無い人間が
名を轟かせるには
精神あるのみ
地位・名誉・欲を捨てた時
世界に名が轟く

来世でも
娘を産みたい
来世でも
娘に会いたい
その先も又その先も

母の胎内を出た
その時から
私は舵を取り始めた
この世界と言う
この大海原で

跋

草壁焰太

高原さんが五行歌を知って、書き始めたのは昨年の十一月だという。まだ一年にならない。歌集を作るとなったときに、いくらなんでも早すぎるという人もいたが、私はまったく問題にしていなかった。

というのも、彼女の書く意欲の強さと、意思の強さは、一週間で一冊の歌集を書くくらいの勢いがあり、そういう時期には人は実際に常人の十倍、二十倍の心を生きていることがある。

私自身も一週間に一冊分くらいの詩歌を書くことはしばしばあった。うたびとたちの生涯を見ても、二、三日で名作の塊を出すということがしばしばある。

また、人は書いているときだけ書いているのではない。毎日生きているあいだにずっと自分と問答しており、書かないが心に蓄積している詩歌の塊がある。何十年生きてきて、思いや心の体験が何もないとは、そのほうがおかしいではないか。

それがあれば、一日書き続けて、二、三百の歌を書くことくらいなんでもないことだ。

むしろ、そのほうが創作する人としては、望ましいと考えてきた。

だから高原さんが、週に一冊分くらいの歌を書いてきても驚かなかったし、その内容も見て、こういう書き方でなくてはできないいい歌があるとも感心していた。

どの面
引っ下げて
あの世へ行こうってんだ
その面
今作ってんだよ

そうだ
この地《じ》鳴《な》りだ
我が
この我が
轟かせているのだ

死ぬなんて
何と勿体無い
此の世は
自分が思っているより
遙かに広いぞ

彼女の歌は人が確信を持てる何かに至った時の、喜びの迫力で満ち満ちている。何かを確信できることは人にとって最もうれしいことなのだ。彼女の確信の中でも最も強く輝かしいのは娘への愛であろう。それは徹底していて読み手にも心地良い。この愛が人類の主たる軸であることを、私たちが知っているからだろう。

今、主人と私で
誰の為なら
必死で娘を
命を投げ出せる?

勿論　　　　　　　　育てている
娘の為なら　　　　　主人と私は
潔く投げ出します　　運命共同体

自分の
産んだ子より
美しいものが
此の世に
有るだろうか

この愛は、夫へ、祖母の思い出へ、父母へ、故郷の讃岐へとつながる。タイトルの『雅《みやび》』は、確信できる愛と、それらのものの豊かに存在する此の世の印象のことだろう。愛の強さにひしひしと打たれて、生きる理由にうなづくことができる歌集である。

高原郁子（こうげん かぐわし）
1971年4月22日生まれ
香川県三豊市出身
四国学院大学文学部人文学科卒業
特技、陸上・硬式テニス

そらまめ文庫

雅 - Miyabi -

2017年9月23日　初版第1刷発行

著　者　　高原郁子《こうげんかぐわし》
発行人　　三好清明
発行所　　株式会社 市井社
〒162-0843
東京都新宿区市谷田町3-19 川辺ビル1F
電話　03-3267-7601
http://5gyohka.com/shiseisha/

印刷所　　創栄図書印刷 株式会社
装　丁　　しづく

ISBN978-4-88208-149-4